Nota para los padres y encargados:

Los libros de *Read-it! Readers* son para niños que se inician en el maravilloso camino de la lectura. Estos hermosos libros fomentan la adquisición de destrezas de lectura y el amor a los libros.

 El NIVEL MORADO presenta temas y objetos básicos con palabras de alta frecuencia y patrones de lenguaje sencillos.

 El NIVEL ROJO presenta temas conocidos con palabras comunes y oraciones de patrones repetitivos.

 El NIVEL AZUL presenta nuevas ideas con un vocabulario más amplio y una estructura gramatical más variada.

 El NIVEL AMARILLO presenta ideas más elevadas, un vocabulario extenso y una amplia variedad en la estructura de las oraciones.

 El NIVEL VERDE presenta ideas más complejas, un vocabulario más variado y estructuras del lenguaje más extensas.

 El NIVEL ANARANJADO presenta una amplia de ideas y conceptos con vocabulario más elevado y estructuras gramaticales complejas.

Al leerle un libro a su pequeño, hágalo con calma y pause a menudo para hablar acerca de las ilustraciones. Pídale que pase las páginas y que señale los dibujos y las palabras conocidas. No olvide volverle a leer los cuentos o las partes de los cuentos que más le gusten.

No hay una forma correcta o incorrecta de compartir un libro con los niños. Saque el tiempo para leer con su niña o niño y transmítale así el legado de la lectura.

Adria F. Klein, Ph.D.
Profesora emérita, California State University
San Bernardino, California

Managing Editor: Bob Temple
Creative Director: Terri Foley
Editor: Brenda Haugen
Editorial Adviser: Andrea Cascardi
Copy Editor: Laurie Kahn
Designer: Melissa Voda
Page production: The Design Lab
The illustrations in this book were created digitally.
Translation and page production: Spanish Educational Publishing, Ltd.
Spanish project management: Jennifer Gillis/Haw River Editorial

Picture Window Books
5115 Excelsior Boulevard
Suite 232
Minneapolis, MN 55416
1-877-845-8392
www.picturewindowbooks.com

Printed in the United States of America.

Library of Congress Cataloging-in-Publication Data
Blair, Eric.
[Snow White. Spanish]
Blanca Nieves : versión del cuento de los hermanos Grimm / por Eric Blair ; ilustrado
por Claudia Wolf ; traducción, Patricia Abello.
p. cm. — (Read-it! readers)
Summary: An easy-to-read retelling of the classic tale of a girl whose stepmother, jealous
of Snow White's beauty, causes her to fall into a deep sleep.
ISBN 1-4048-1640-2 (hard cover)
[1. Fairy tales. 2. Folklore—Germany. 3. Spanish language materials.] I. Wolf, Claudia,
ill. II. Abello, Patricia. III. Grimm, Jacob, 1785-1863. IV. Grimm, Wilhelm, 1786-1859.
V. Snow White and the seven dwarfs. Spanish. VI. Title. VII. Series.

PZ74.B426 2005
398.2—dc22
[E]   2005023483

Blanca Nieves

Versión del cuento de los hermanos Grimm

por Eric Blair
ilustrado por Claudia Wolf
Traducción: Patricia Abello

Con agradecimientos especiales a nuestras asesoras:

Adria F. Klein, Ph.D.
Profesora emérita, California State University
San Bernardino, California

Kathy Baxter, M.A.
Ex Coordinadora de Servicios Infantiles
Anoka County (Minnesota) Library

Susan Kesselring, M.A.
Alfabetizadora
Rosemount-Apple Valley-Eagan (Minnesota) School District

PiCTURE WiNDOW BOOKS
Minneapolis, Minnesota

Los hermanos Grimm

Los hermanos Jacob y Wilhelm Grimm
se pusieron a reunir cuentos viejos de
su país, Alemania, para ayudar a un amigo.
El proyecto se suspendió por un tiempo, pero
los hermanos no lo olvidaron. Años después,
publicaron el primer libro de los cuentos de
hadas que oyeron. Hoy día, esos cuentos
todavía entretienen a niños y adultos.

Había una vez una princesa. Tenía la piel tan blanca como la nieve, los labios rojos, las mejillas rosadas y el cabello negro y brillante. Se llamaba Blanca Nieves.

El día que nació Blanca Nieves, su mamá murió. Un año después, el papá de Blanca Nieves se volvió a casar. La nueva reina era ahora la madrastra de Blanca Nieves. La reina estaba muy orgullosa de su belleza.

La reina tenía un espejo mágico.
Se miraba al espejo y preguntaba:
—Espejito, espejito, ¿quién es la más
bella de todas?

7

El espejo le contestaba:
—Mi alteza es la más bella de todas.
Esto alegraba a la reina mala.

Blanca Nieves se ponía cada vez más hermosa. Un día, el espejo le dijo a la reina que Blanca Nieves era la más bella del reino. Esto despertó la envidia de la reina.

La reina le pidió a un cazador que llevara
a Blanca Nieves al bosque y la matara.
Blanca Nieves le rogó que la dejara ir.
El cazador sintió pena y la dejó ir.

Blanca Nieves estaba sola y asustada.
Anduvo por el bosque hasta que por fin
vio una cabaña. No lo sabía, pero era
la casa de siete enanitos.

Cuando entró a la casa, Blanca Nieves
encontró una mesita puesta para la cena.
Tomó un poco de comida de cada plato.
Después se acostó a dormir en una de las
siete camitas.

Cuando los enanitos llegaron de trabajar,
encontraron a la chica dormida.

A la mañana siguiente, Blanca Nieves se despertó y vio a los enanitos. Tenía miedo, pero los enanitos eran buenos.

Blanca Nieves les contó su historia.
Los enanitos la dejaron quedarse a
cambio de que limpiara la cabaña.
Blanca Nieves aceptó encantada.

15

Cada mañana, los enanitos salían a trabajar. Le pedían a Blanca Nieves que se cuidara. —No dejes entrar a nadie —le advertía uno de los enanitos.

La reina creía que Blanca Nieves estaba muerta. Un día, le preguntó al espejo mágico: —Espejito, ¿quién es la más bella de todas?

El espejo dijo: —Blanca Nieves, que vive con los enanos.

La reina se disfrazó de anciana. Se fue
a la cabaña de los enanitos fingiendo
vender mercancía.

—Buenos días —dijo Blanca Nieves—.
¿Qué tiene para la venta?

La mujer le mostró a Blanca Nieves un elegante peine. Era lindo, pero estaba envenenado. La anciana le puso el peine a Blanca Nieves en el cabello. Blanca Nieves cayó al suelo.

19

Cuando los enanitos llegaron a la casa,
encontraron a Blanca Nieves en el suelo.
Al quitarle el peine del cabello, se
despertó.

Blanca Nieves les contó a los enanos lo ocurrido con la anciana.

—Esa anciana era la reina mala —dijo uno de los enanos—. No le abras la puerta a nadie.

En el castillo, el espejo mágico le contó
a la reina que Blanca Nieves seguía viva.
Esta vez, la reina envenenó una manzana
para matar a Blanca Nieves.

La reina se disfrazó de anciana y volvió a la cabaña. Le ofreció la manzana a Blanca Nieves. Aunque quería la manzana, Blanca Nieves no confiaba en la anciana.

23

Pero la reina era astuta. Sólo envenenó media manzana. Le dio un mordisco a la mitad que no estaba envenenada para mostrarle a Blanca Nieves que podía comerla sin peligro.

Blanca Nieves le dio un mordisco a la otra parte de la manzana y cayó al piso. Cuando los enanitos llegaron a casa, no pudieron hacer nada por ella.

Los enanitos no quisieron enterrar a Blanca Nieves. Le construyeron una urna de cristal. Colocaron la urna en una colina del bosque.

Pero Blanca Nieves no estaba muerta.
Durmió muchos años en la urna de cristal.
Conservó las mejillas rosadas, los labios
rojos, la piel blanca y el cabello negro.
Los enanitos hacían guardia.

Un día, llegó un príncipe al bosque.
Vio a la bella chica tendida en la urna
de cristal.
—No puedo vivir sin ella —dijo.
Los enanos dejaron que se llevara a
Blanca Nieves porque la querían.

Los sirvientes del príncipe alzaron la urna.
Tropezaron y la urna se tambaleó. El trozo
de manzana envenenada, que estaba
atascado en la garganta de Blanca
Nieves, salió de su boca. Abrió los ojos
y preguntó: —¿Dónde estoy?

—Estás conmigo —dijo el príncipe—. Eres mi gran amor. ¡Cásate conmigo!

Blanca Nieves aceptó. El príncipe y los enanitos estaban felices.

La boda fue maravillosa. Cuando la reina mala llegó a la fiesta, reconoció a Blanca Nieves. La reina huyó y nadie volvió a verla. Blanca Nieves y el príncipe vivieron felices para siempre.

Más *Read-it! Readers*

Con ilustraciones vívidas y cuentos divertidos da gusto practicar la lectura. Busca más libros a tu nivel.

CUENTOS DE HADAS Y FÁBULAS

La bella durmiente	1-4048-1639-9
La Bella y la Bestia	1-4048-1626-7
El cascabel del gato	1-4048-1615-1
Los duendes zapateros	1-4048-1638-0
El flautista de Hamelín	1-4048-1651-8
El gato con botas	1-4048-1635-6
Hansel y Gretel	1-4048-1632-1
El léon y el ratón	1-4048-1623-2
El lobo y los siete cabritos	1-4048-1645-3
Los músicos de Bremen	1-4048-1628-3
El patito feo	1-4048-1644-5
El pescador y su mujer	1-4048-1630-5
La princesa del guisante	1-4048-1634-8
El príncipe encantado	1-4048-1631-3
Pulgarcita	1-4048-1642-9
Pulgarcito	1-4048-1643-7
Rapunzel	1-4048-1636-4
Rumpelstiltskin	1-4048-1637-2
La sirenita	1-4048-1633-X
El soldadito de plomo	1-4048-1641-0
El traje nuevo del emperador	1-4048-1629-1

¿Buscas un título o un nivel específico? La lista completa de *Read-it! Readers* está en nuestro Web site: *www.picturewindowbooks.com*